UN MOT

SUR CETTE QUESTION:

« PEUT-ON DÉTERMINER, AU MOINS JUSQU'A UN CERTAIN POINT,
» LA CAUSE DE PRÉDILECTION DE L'AFFECTION TUBERCULEUSE
» POUR LE POUMON, DEPUIS L'ÉPOQUE DE LA PUBERTÉ JUSQU'A
» L'AGE DE TRENTE CINQ OU QUARANTE ANS, ET, PAR SUITE,
» EXPLIQUER LA FRÉQUENCE PROGRESSIVE DE LA PHTHISIE DANS
» LE SIÈCLE OU NOUS SOMMES? »

PAR

LE Dr P. CHÉNEAU,

Professeur particulier de médecine (maladies de poitrine),
médecin des épidémies du département de la Seine,
membre de plusieurs sociétés savantes,
etc.

Paris

IMPRIMERIE DE DUCESSOIS,

55, quai des Grands-Augustins (près le Pont-Neuf).

—

JUIN 1841

UN MOT

SUR CETTE QUESTION:

« PEUT-ON DÉTERMINER, AU MOINS JUSQU'A UN CERTAIN POINT,
» LA CAUSE DE PRÉDILECTION DE L'AFFECTION TUBERCULEUSE
» POUR LE POUMON, DEPUIS L'ÉPOQUE DE LA PUBERTÉ JUSQU'A
» L'AGE DE TRENTE-CINQ OU QUARANTE ANS, ET, PAR SUITE,
» EXPLIQUER LA FRÉQUENCE PROGRESSIVE DE LA PHTHISIE DANS
» LE SIÈCLE OU NOUS SOMMES ? »

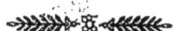

Les tubercules ne se développent que très-rarement
chez le fœtus. Pendant les premiers mois qui suivent la
naissance, ils sont également très-rares. Jusque vers
quatre ans, ils deviennent un peu plus fréquents :
cependant on n'en trouve encore qu'un petit nombre. De quatre à cinq ans, ils se forment tout d'un
coup en bien plus grande quantité, et sur un grand
nombre d'organes à la fois. Dans les âges suivants,
jusqu'à l'époque de la puberté, le nombre des tubercules devient plus considérable qu'il ne l'était avant
l'âge de quatre ans; mais ce nombre est infiniment

moindre qu'il ne l'est de quatre à cinq ans. Après la puberté, les tubercules redeviennent plus fréquents, non plus dans tous les organes indifféremment, mais seulement dans le poumon. Enfin, ils sont très communs dans cet organe de dix-huit à quarante ans chez l'homme, et de quinze à vingt-cinq ans chez la femme.

« A ce moment, dit M. Andral, le mot *tubercule* devient presque synonyme du mot *phthisie pulmonaire.* » Nous ne sommes pas de cette opinion ; mais comme toute discussion à cet égard serait étrangère à notre sujet, nous admettrons qu'ils constituent la même affection.

La phthisie pulmonaire affecte de préférence les individus de quinze à quarante ans : c'est un fait bien reconnu. Quelle est la cause de cette prédilection ? Voilà toute la question, et voici sur quoi je m'appuie pour la résoudre.

Jusqu'à la puberté, et surtout dans l'âge tout à fait tendre, la nature ne cherche que la conservation de l'être et son accroissement. La vie toute matérielle de celui-ci se trouve concentrée dans les organes réparateurs, et est tout assimilatrice : les dérangements fonctionnels de ces organes devaient donc être de toute importance et compromettre à un plus haut degré leurs propriétés vitales, par conséquent, favoriser davantage les circonstances qui président au développement tuberculeux ; et, en effet, les tubercules sont alors plus fréquents dans les ganglions mésentériques et dans les intestins.

Je ne veux pas dire pour cela que les autres organes restent complétement étrangers à ces troubles, et ne peuvent présenter les mêmes altérations, soit secondairement, soit primitivement ; mais, l'abdomen étant à cette époque le centre principal vers lequel la nature dirige ses efforts, on peut concevoir, ce me semble, que ce soit vers cette partie, où se multiplient ses opérations, que les conditions favorables au développement des tubercules aient le plus d'occasions de se présenter.

Si cette explication ne paraît pas satisfaisante, on sera toujours forcé de reconnaître qu'à cet âge le cerveau ne remplit que des fonctions secondaires et ne préside, pour ainsi dire, qu'aux fonctions de la vie organique.

Mais après la puberté (et j'insiste beaucoup sur ce point qui me paraît d'observation : ce n'est pas à l'époque de la puberté, mais après qu'elle est achevée, que la phthisie se déclare principalement); après la puberté, dis-je, apparaît dans les deux sexes une existence nouvelle : la vie, jusqu'alors toute matérielle devient au moins autant intellectuelle ; des sensations inconnues impressionnent tout notre être ; le cerveau, inactif jusqu'alors, manifeste toutes ses tendances, met en jeu toutes ses facultés, et à son tour exerce un despotisme irrécusable sur les organes dont il semblait dépendre auparavant. Les mouvements de l'âme, passagers jusqu'alors, prennent plus de fixité et constituent les véritables peines et les joies.

Mais ce n'est pas tout : la nouvelle condition de

l'être entraîne avec elle des besoins nouveaux, par conséquent des fonctions nouvelles. Cette grande loi de la nature, la reproduction, réclame ses droits. Indépendamment de la réaction directe que les organes générateurs exercent alors sur l'encéphale, l'amour, ses délices et ses fureurs, ses exigences non satisfaites, mais trop souvent aussi l'abus de ses jouissances viennent l'ébranler tour à tour; enfin, l'ambition, les espérances si souvent déçues, les haines, toutes les passions humaines, ajoutent de nouveaux troubles aux troubles du cerveau, et accroissent encore l'agitation que lui suscitent les fonctions si graves dont il a été récemment investi.

Ainsi donc, après la puberté, notre organisme se trouve dans une sphère d'activité nouvelle ; soumis aux influences du cerveau, il s'émeut de ses agitations, et quelles que soient les impressions que celui-ci reçoit, de bonheur ou de peines, il les partage ou s'en affecte avec lui.

Maintenant que voyons-nous, si nous étudions les causes de la phthisie, si nous cherchons à apprécier le mode d'action de chacune d'elles?—Que les véritables causes, que celles qui amènent le plus sûrement la maladie, sont celles qui ébranlent le plus fortement le système nerveux, qui tendent à modifier davantage la vitalité de nos organes; que les causes spéciales, s'il en est pour la phthisie, sont l'abus des plaisirs vénériens, les peines morales prolongées, les travaux d'esprit trop assidus, les veilles trop répétées, les revers de fortune, etc., etc.; enfin, nous voyons que la folie même en est une des causes les plus certaines ; que les affections de l'âme, et par conséquent que les troubles de l'organe encéphalique, sont les circonstances le plus à redouter pour la formation des congestions qui donnent naissance aux tubercules [1].

[1] On m'a déjà objecté qu'il était bien d'autres causes de la phthisie que celles que je viens de lui assigner, causes qui la font naître fréquemment et dont la manière d'agir, semble en opposition avec ce que j'avance. Ainsi, la privation d'aliments, ou l'usage habituel de mauvais aliments, l'inaction, la réclusion dans les prisons, etc. Je ne doute pas qu'il n'y ait beaucoup d'autres causes de cette maladie que celles que j'ai citées, et je crois que toutes celles qui tendent à former des congestions pulmonaires peuvent lui donner lieu si toutefois l'organisme se trouve dans des conditions voulues. Mais je ne cherche pas à examiner les causes en général, je veux seulement me rendre compte de celles qui décident la prédilection dont il s'agit. Toutefois, puisque l'occasion se présente, je la saisis pour tâcher de montrer que ces causes ne doivent suffire que très-rarement pour produire la maladie dont nous nous occupons. Presque jamais elles n'agissent seules ; et il faut, pour leur attribuer des conséquences aussi fâcheuses, non-seulement avouer le concours simultané d'autres influences, mais reconnaître que l'influence principale semble encore venir du cerveau.

Ainsi, en ce qui concerne la privation d'aliments, ou l'usage de mauvais aliments, on ne voit pas ordinairement la phthisie se déclarer chez des gens gais, contents, heureux, et seulement parcequ'ils vivent d'une quantité d'aliments qui nous semble tout à fait insuffisante, ou bien parceque leur appétit les engage à se nourrir d'aliments bizarres. Chez ceux que les circonstances forcent à se contenter d'une nourriture peu convenable aux besoins de leur estomac et de leur constitution, la douleur morale occasionnée par la misère, les privations de tout genre, les fatigues physiques portées à l'excès sont des causes de tuberculisation au moins aussi puissantes que le mode d'alimentation.

Enfin le mode de nourriture explique si mal à lui seul le développement de la maladie dont il s'agit, qu'on la rencontre aussi souvent, et

Nous pouvons donc dès à présent constater : 1° Que l'organisme se trouve dans un état particulier à l'âge de quinze à quarante ans, et qu'à cet âge l'équilibre fonctionnel est incessamment menacé de se rompre par les secousses, par la tourmente qu'éprouve le cerveau ; 2° enfin, que parmi toutes les causes de la phthisie, les plus réelles non-seulement exercent leur action sur le cerveau, mais encore qu'elles ont occasion de se produire particulièrement à l'époque de la vie que nous signalons.

peut être plus souvent, chez le riche que chez le pauvre, et qu'on la voit chez des gens gros et gras, quelquefois même d'une constitution athlétique. Il faut donc invoquer d'autres influx ; et l'influence fâcheuse des affections morales, si communes chez les personnes de la classe élevée de la société, acquiert une nouvelle valeur pour rendre compte de son développement. Loin de moi cependant de prétendre qu'une diététique mal entendue ne puisse amener la tuberculisation pulmonaire : ce serait vouloir être ridicule à plaisir. J'ai cherché seulement à faire voir que cette cause agissait rarement d'une manière isolée, et que, lorsqu'elle emprunte une seconde influence pour déterminer la maladie, c'est fréquemment encore celle du cerveau ; qu'enfin elle ne peut servir à expliquer la prédilection dont il est question.

Il en est de même pour l'inaction. — Tout le monde sait que, par le manque d'exercice, toutes les fonctions tendent à s'appauvrir. Mais, pendant l'inaction du corps, le cerveau reste-t-il inactif ? — En général, au contraire, c'est pendant le repos physique et prolongé que le moral montre une plus grande activité.

Quant aux individus renfermés dans les prisons, l'influence morale ne peut être mise en doute, et chez ceux qui quittent un pays chaud pour vivre sous un climat froid et humide, non seulement la nostalgie, mais le changement total de leurs habitudes, peut être regardé comme une cause suffisante de phthisie. Les habitants des pays chauds usent continuellement d'épices, que condamnent nos systèmes de mé-

Mais, en admettant comme certain que les affections morales, que les troubles de l'encéphale soient les causes les plus fréquentes de la tuberculisation à l'âge de quinze à quarante ans, rien ne nous montre jusqu'alors pourquoi les tubercules apparaissent de préférence dans l'organe pulmonaire.

On peut bien alléguer en faveur de leur influence spéciale, les désordres qui se passent dans les mouvements du cœur lors d'une émotion vive, la gêne de la respiration, l'anxiété épigastrique ; mais, pour la

decine. Chez eux, on sait combien l'imagination est vive et le système nerveux irritable : donc, la chaleur contribue à l'excitation cérébrale. C'est un fait dont on peut s'assurer auprès des médecins des maisons d'aliénés. Le froid sec peut encore entretenir l'action cérébrale : aussi, n'est-ce que le froid humide qui, pour eux, est réellement à redouter.

Voici des influences cérébra'es dont on n'a pas assez tenu compte ; et qui me paraissent au moins aussi puissantes que le défaut de nourriture, etc., etc.

Il est cependant plusieurs causes puissantes de tuberculisation, qui semblent agir par elles seules et indépendamment de tout concours de la part du cerveau. J'en puis citer trois, le scrofule, les inflammations pulmonaires, et les fatigues physiques portées à l'excès. C'est à ces dernières, je pense, qu'il faut rapporter le grand nombre de phthisies qu'on observe chez les jeunes soldats. On peut concevoir, ce me semble, qu'accablés sous le poids de bagages et d'armes dont la pesanteur est disproportionnée à leur force physique, et devant ainsi se livrer à des marches de longue durée, l'accélération des mouvements respiratoires détermine des congestions que viennent entretenir des privations nombreuses, et l'impossibilité d'observer la moindre règle hygiénique ; mais, je le répète, ces causes ne sont pas spéciales à l'époque de la vie que nous désignons et ne peuvent en rien servir à résoudre la question en litige.

prouver, il nous faut des raisons plus puissantes, et l'anatomie semble nous les fournir.

Si les troubles d'un organe peuvent déterminer de nouveaux troubles dans d'autres organes ou leur dégénérescence, on peut, ce me semble, admettre en bonne logique que ces altérations doivent s'observer de préférence dans les organes entre lesquels sont établis les rapports les plus directs. Or, les seuls organes importants à la vie avec lesquels le cerveau ait une communication spéciale sont le poumon, le cœur et l'estomac : la seule paire de nerfs qui s'échappe de sa boîte osseuse, la huitième paire, vient se répandre tout entière, se consumer pour ainsi dire dans ces organes, et à leur tour la plus grande influence nerveuse qu'ils recoivent vient de la huitième paire.

Nous ajouterons que les phénomènes fonctionnels principaux, sont :

Un trouble des fonctions respiratoires ;

Un trouble des fonctions assimilatrices ;

Un trouble de l'hématose ;

Déjà on a prouvé (Andral, *Anatomie*) l'altération du sang par la lésion de la huitième paire ; le trouble de la respiration et des fonctions assimilatrices s'explique facilement aussi par la lésion de cette branche nerveuse.

Témoin de ces rapports, frappé de cette coïncidence d'action des causes productrices avec la disposition anatomique de nos organes, peut-on douter de l'influence spéciale de la masse encéphalique sur la production tuberculeuse du poumon ? peut-on ne pas reconnaître dans ses troubles, dans les agitations continuelles du cerveau la grande cause de prédilection de la phthisie pulmonaire pour l'époque de la vie qui suit celle de la puberté? et est-il besoin de chercher ailleurs l'explication de la fréquence progressive de cette maladie dans le siècle où nous sommes ?

On a pensé en trouver la cause dans l'oubli des règles de l'hygiène; mais, on ne peut le nier, jamais ses préceptes généraux n'ont été mieux observés. Jamais, dans les grandes villes, les maisons n'ont été mieux bâties, les différents quartiers autant assainis et l'air plus renouvelé; jamais la nourriture des gens du peuple n'a été aussi bonne, ni aussi grande la sobriété des gens de la haute classe; jamais, sous le rapport physique, on n'a pris autant de soins de l'enfance : et cependant, la phthisie compte de jour en jour un plus grand nombre de victimes. C'est qu'il faut le reconnaître, jamais le système nerveux n'a été soumis aux épreuves contre lesquelles il lui faut constamment lutter de nos jours ; jamais l'instabilité des positions, l'ambition de toutes les classes de la société ne l'ont entretenu dans des excitations si continuelles et si soutenues; jamais le développement des fonctions intellectuelles n'a subi les tortures que nécessitent aujourd'hui la rivalité de toutes les professions, la multiplicité des individus de tout rang, et le besoin de sortir de la masse; jamais enfin ces influences nerveuses n'ont été portées à un aussi haut degré et n'ont si hautement prévalu sur les besoins de notre constitution physique.

Enfin, ne peut-on pas, dans l'activité prématurée

que l'on donne au cerveau des enfants, non-seulement par le genre de plaisirs, les bals, les spectacles, la culture des arts, etc., mais encore par l'instruction exagérée que l'on cherche à faire entrer dans ces jeunes têtes, ne peut-on pas, dis-je, trouver une nouvelle cause de l'augmentation progressive de la phthisie dans le siècle où nous sommes, et de sa rareté relative dans les siècles précédents, où les exercices corporels étaient les seules occupations de la jeunesse?

J.-P. Franck (*Manière d'élever les enfants*, p. 133.) regarde comme cause de phthisie l'habitude de trop couvrir la tête des enfants, et l'on observe encore assez souvent cette maladie chez ceux dont on a développé inconsidérément les facultés intellectuelles.

Ces réflexions me semblent avoir quelque valeur, aujourd'hui surtout que, on ne peut le nier, toutes les règles de l'hygiène sont beaucoup mieux observées qu'autrefois.

Passé cette époque de la vie, c'est-à-dire vers trente-cinq ou quarante ans, les excitations sont moins vives et l'impressionnabilité a diminué, ou bien la réaction vitale plus prononcée permet aux individus de lutter contre l'action des causes productrices, ou bien ceux qui ont résisté se trouvaient dans des conditions sanitaires à part, etc., etc. Mais la maladie perd de sa fréquence jusqu'à la vieillesse où les tubercules s'observent communément; et alors, on ne peut mettre en doute l'affaiblissement cérébral, par conséquent, on est en droit de supposer l'altération de la huitième paire.

Dans ces derniers temps, on a donné quelques raisons basées sur l'anatomie, raisons qui feraient supposer que les cicatrices qu'on trouve dans les poumons
chez les vieillards seraient celles de tubercules ayant
existé dans un âge beaucoup moins avancé, et de même,
que les tubercules qu'on rencontre chez eux lors de
l'autopsie existeraient depuis longtemps, mais que leur
marche aurait été suspendue. Je veux bien accéder à
cette opinion, qui me paraît peu démontrée; si cependant elle est exacte, elle tend à montrer l'influence
des causes que je viens de signaler sur la marche et
l'invasion de la phthisie [1].

J'ai dit que les excitations prolongées, que les troubles de la masse encéphalique étaient des causes fréquentes de tuberculisation; mais, de même que je suis
loin de les regarder comme les seules productrices de
la maladie, de même je suis loin de penser que toutes
les affections cérébrales puissent la produire, et qu'elles
soient capables, à un égal degré, de la déterminer. Il
faut nécessairement que la huitième paire ait pu s'af-
fecter.

Ainsi, des causes qui n'agiraient que sur la partie
antérieure du cerveau, un travail purement intellec-
tuel, par exemple, ne saurait la produire, si ce travail
est momentané. Ne comprend-on pas qu'un travail
ordinaire, n'excitant qu'à un degré modéré la masse
encéphalique, puisse être sans influence sur les actes

[1] Du reste, je n'ai rapporté la tuberculisation fréquente chez les
vieillards, que parceque d'autres l'ont annoncée; car, pour moi, c'est
un fait rare, surtout dans les deux poumons.

dynamiques du cerveau, tandis qu'au contraire, longtemps prolongé ou opiniâtre, il puisse réagir sur celui-ci,
et par suite étendre cette modification presque patho-
logique aux nerfs qui en émanent, et spécialement au
pneumogastrique?

Il en est de même pour la folie, qui, d'après les
relevés de M. Belhomme, offrirait à l'ouverture des
corps l'observation si habituelle de tubercules conco-
mitants; bien que, presque toujours, elle débute par
une partie du cerveau éloignée de la huitième paire,
si elle persiste pendant un certain temps, le trouble
se communique aux parties postérieures et inférieures
du cerveau, et la phthisie survient. Il serait impor-
tant de savoir si tous les genres de folie indistinctement
prédisposent à la phthisie, ou s'il n'en est que certaines espèces; mais je n'ai pu me procurer aucun ren-
seignement à cet égard. Enfin les peines morales, quelque vives qu'elles soient, mais passagères, semblent
n'avoir aucune influence sur la tuberculisation : ce n'est
que lorsqu'elles se prolongent qu'elles en deviennent
une cause fréquente, après avoir envahi, si j'ose m'ex-
primer ainsi, depuis la partie antérieure du cerveau,
qu'elles ont d'abord affecté, jusqu'à ses parties les plus
reculées, et par conséquent avoir étendu leur action
jusqu'aux nerfs de la huitième paire.

N'est-ce pas encore à la huitième paire que les
excitations des organes génitaux doivent leur influence
sur la production de la phthisie? et indépendamment
de l'influence que tout notre être reçoit de l'accom-
plissement de ces actes, s'il est vrai que le cervelet

en reçoive une atteinte particulière, son voisinage ne deviendrait-il pas dangereux pour la huitième paire?

Enfin, par ce voisinage, ne pourrait-on pas expliquer la disposition présumée des phthisiques à l'acte vénérien? Cette disposition me paraît peu démontrée; mais, si elle est vraie, ne pourrait-on pas en trouver la raison dans la disposition anatomique que je viens d'indiquer?

Loin de moi de prétendre qu'un trouble de l'influx nerveux de la huitième paire ou qu'une altération de sa substance soit la cause unique de la formation des tubercules pulmonaires : une pareille supposition serait exagérée. Je cherche seulement à me rendre compte de leur fréquence habituelle après l'âge de la puberté; et, lorsque je vois que les circonstances les plus probables de leur formation portent leur action principale sur le cerveau, et que je trouve des communications si directes de cet organe avec les poumons, le cœur et l'estomac, dont les fonctions sont spécialement altérées dans la phthisie, je suis porté à reconnaître, dans les modifications de l'influx cérébral, la cause de prédilection de cette maladie pour l'âge que nous avons indiqué.

Ces communications dans l'enfance existent tout aussi exactement établies: il n'y a pas de doute à cela; mais, comme nous l'avons dit, la vie toute matérielle alors se trouvant pour ainsi dire bornée aux fonctions abdominales, on conçoit que les troubles de l'influx nerveux se passent de préférence sur les organes qui y sont contenus, et que la formation des tubercules y soit plus fréquente ; tandis qu'une fois la puberté accomplie, notre organisme se trouvant dans des conditions nouvelles, et le cerveau accomplissant des fonctions auxquelles il ne participait que dans des proportions infiniment moindres, les agitations continuelles doivent à leur tour tendre à modifier les organes avec lesquels il a des rapports directs, et qu'ainsi la tuberculisation pulmonaire doive s'effectuer de préférence.

Si ces considérations ont quelque chose d'exact, elles tendent à prouver l'influence du système nerveux sur la production de la phthisie pulmonaire. — Elles sont en faveur de la théorie de l'innervation que j'ai cherché à faire ressortir dans mes Cours et dans le Mémoire que j'ai présenté à l'Académie des Sciences.

Si encore elles sont exactes, bien que puériles au premier abord, elles peuvent cependant être d'une grande importance sous le rapport hygiénique ; et lorsqu'on a pensé que dans l'observance des règles de l'hygiène devait se trouver le préservatif de la phthisie, les idées que je viens d'émettre peuvent mériter quelque attention.

Si enfin elles ont quelque chose de réel, je ne crois pas être aussi déraisonnable que quelques confrères l'ont prétendu, en agissant, dans certains cas de phthisie, directement sur le cerveau, non-seulement par le moral, mais même par des moyens externes. L'influence morale ne saurait être mise en doute dans la phthisie, et les moyens de la produire ont été employés depuis longtemps et toujours avec avantage.

Agir sur le cerveau par des moyens externes n'est

un moyen nouveau que d'application. Déjà des praticiens ont conseillé sur le crâne différents topiques et même des cautères, des moxas dans les affections des nerfs oculaires : ce qu'on a fait pour les nerfs de la troisième paire, pourquoi ne le ferait-on pas pour ceux de la huitième?

Loin de moi de prétendre que, dans les cas même où il présente le plus de chances favorables, ce moyen soit unique, et qu'on doive pour tout traitement se reposer sur lui. Je ne crois pas à un moyen unique contre la phthisie : et c'est pour cela que des moyens proposés contre cette maladie, et qui évidemment, selon moi, doivent prendre rang parmi les plus efficaces, c'est pour cela, dis-je, qu'ils ont échoué, c'est parcequ'on les a employés dans tous les cas et chez tous les individus, je dirai presque sans discernement.

D'après les idées que j'ai cherché à développer, dans mes Cours, sur la nature de la phthisie, que je soutiens essentiellement nerveuse, c'est-à-dire dépendante d'un trouble de l'innervation, consécutive à une modification de l'influx nerveux ; d'après les cas de guérison que j'ai par devers moi, et qui commencent à être assez nombreux ; d'après ceux qu'on rencontre çà et là dans les auteurs ; d'après, enfin, les moyens vantés depuis quelque temps contre la phthisie, le traitement principal de cette maladie consiste à modifier l'influx nerveux, à réveiller l'action des centres nerveux. Je dis *traitement principal*, parcequ'il est une foule de circonstances amenées par la maladie dont il faut également tenir compte, et qui, seules appréciables, exigent de fréquentes modifications dans le traitement.

Mais, selon les causes productrices, tantôt ce sera sur les centres nerveux de l'abdomen qu'il faudra agir, tantôt sur ceux des poumons, tantôt même sur tout l'organisme.

Eh bien, dans les cas où il faudra réveiller l'action pulmonaire ou celle du cerveau, le moyen que je propose pourra être employé avec avantage. Je pense qu'il pourra contribuer à exciter la vitalité de ces organes, et je le conseille non-seulement dans la phthisie, mais encore dans de vieux catarrhes : peut-être aussi dans quelques pneumonies ne serait-il pas à dédaigner.

Il est certain que tous les phthisiques se trouvent bien des excitations cérébrales. La toux cesse par un contentement moral, par la présence au bal, au spectacle : je l'ai vue cesser pendant un certain temps à la suite d'un accès de colère. Si les voyages sur mer sont si utiles aux phthisiques, l'excitation de la rétine n'est-elle pour rien dans leur action ? Ce qui est évident, c'est que les bords de la mer sont toujours funestes aux phthisiques, tandis que les voyages sur mer leur sont avantageux.

C'est dans cette supposition que j'ai plusieurs fois conseillé l'exercice de la balançoire et quelquefois fait usage des machines rotatoires. Je puis affirmer que toujours ces moyens ont paru aider à ceux que j'employais concurremment. Enfin, si les voyages sur terre ont eu des résultats si remarquables, peut-on nier qu'indépendamment du changement d'air les impressions nouvelles de toute espèce et constamment re- nouvelées n'aient produit sur le moral une influence bien déterminée?

Faute de ces moyens qu'on ne peut conseiller à tous les malades et qui, je le crois, seraient préférables à celui que je propose, je pense que, dans quelques cas, l'application de moxas, de vésicatoires ou de quelque moyen analogue sur le crâne ou sur les parties les plus voisines de l'origine de la huitième paire, n'est pas à rejeter.